LE CRI DU CYGNE,

OU

RÉFUTATION THÉATRALE;

Par F. L. DARRAGON.

> Quand on a tout perdu, que saurait-on plus craindre ?
>
> Corneille.

À PARIS,

De l'Imprimerie Allemande et Française de J. L. SCHERFF;

Et se trouve

Chez les Marchands de Nouveautés.

1806.

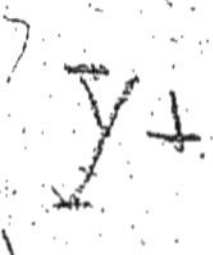

LE CRI DU CYGNE.

PRÉAMBULE.

LECTEUR! il s'agit d'un poëme tragique, offert au théâtre français; de l'examen préalable qu'il a été obligé de subire; des critiques qu'on en a faites, et de leur réfutation.

Par cet examen, les artistes sont forcés, ne pouvant avoir connaissance des faits, d'asseoir leur jugement sur celui d'un individu qui, à titre d'examinateur, décide si un poëme est digne, non-seulement d'être joué, mais d'être lu à leur assemblée. Mais il est possible que cet individu, sensé de mérite, manque des éminentes qualités requises à ce sujet; ne soit point éclairé par cet instinct merveilleux, le secret du génie dramatique, auquel l'avenir est comme présent, et qu'ainsi, se trompant, il condamne tout un poëme. Or, dans un tel cas, qu'on croit être celui dont il s'agit, lecteur, qu'il est triste d'être obligé de s'armer de courage pour repousser les traits de l'astucieuse perspicacité, dont peut s'hérisser alors, cet examinateur qui, d'après ses vues, et s'affublant du manteau de l'équité, dirige contre vous l'opinion de ces artistes, enchaîne à jamais vos tentatives théâtrales, et vous plonge moralement ainsi dans un éternel oubli! Qu'il est pénible, dans le cas énoncé, de parler de soi, comme pour soutenir ses productions dramatiques, non publiées, et surmonter, à cet effet, la prévention des grands talens qui pouvaient en devenir les organes! Que lentement alors les idées se présentent! D'ailleurs, quelle digue opposer aux décisions tranchantes de l'exacte raison, qui, réprouvant quelquefois les élans de l'enthousiasme, que souvent elle méconnaît, et ces caractères extrêmes en leurs passions, qui sont l'ame de la tragédie, prononce froidement, dans l'ombre du cabinet, sur des productions qui ne sont jugées, au théâtre, que par le sentiment? Qu'il est difficile enfin, pour ne pas dire impossible, de rétorquer, d'une manière victorieuse, ce que peut avancer, dans un semblable cas, l'examinateur, qui, donnant essor à de fausses conceptions, semble se complaire à dénaturer les conséquences d'un tel ouvrage, en présenter insidieusement les faits, et de suite, entasser rapidement un tissu d'assertions, comme s'il se fût dit: frappons! frappons fort! Que la vérité brille après, les coups mortels ne lui en seront pas moins portés. Certes! je sais que réfuter une critique, fût-on aussi fondé qu'elle peut être injuste et atterrante, c'est un vain amour-propre; que rarement on en fait revenir l'auteur qui se croit un personnage, en fait de jugement, bien supérieur à vous. Néanmoins, je me détermine à le tenter, quoique mon esprit soit ébranlé à l'aperçu du prononcé général, sur le poëme dont il s'agit; que je sois embarrassé d'en relever les erreurs avec justesse, et que je croie voir, déjà, toutes préventions possibles, s'élever contre moi; je m'y détermine, dis-je, et je crois le devoir.

1°. Pour le progrès ou le maintien de l'art même.

2°. Pour l'avantage de ce premier théâtre, et l'intérêt individuel de ses artistes, envers lesquels, soit dit sans conséquence, j'ai manifesté une si haute estime, et, dans mon Amateur du théâtre français, et, dans mes Observations au Ministre de l'intérieur, touchant la représentation de Cinna (*a*).

3°. Pour sauver, s'il est possible, des désagrémens dont j'ai été accablé, ceux qui, emportés par leur ascendant, tel que je le fus, à cultiver cet art difficile, sublime, et qui coûte si cher, tentent noblement d'en parcourir la carrière, ayant peu de moyens de fortune, ayant peu le talent de conquérir de puissans protecteurs, et au risque d'y trouver comme le principe de leur infortune journalière. Car, mon exemple en cela pourra leur être utile, et c'est un bien.

4°. Pour ma propre satisfaction, et celle des personnes qui donnèrent leur assentiment à plusieurs de mes ouvrages dramatiques, surtout, en les représentant avec zèle, à titre d'essais, tel que le fut le poëme dont il est question; tel que le furent les Femmes de bonne humeur (*b*).

C'est ainsi que j'agissais, brûlant de donner des ouvrages dignes de la scène française, et! ... Lisez ma Boutade, note (*g*).

5°. Hérissé des armes de l'équité, d'un homme honnête, qui s'oppose franchement à l'espèce d'orage conjuré contre lui, je serai vrai, et si je puis, aussi lumineux que rapide; je me contenterai de relever, dans des variantes, les erreurs de l'esprit de mon juge, surtout dans son exposé du poëme. Que cet exposé soit sans art, sans génie, qu'il manifeste, pour ainsi dire, un abus de confiance.... Car, décrire, tel qu'on va le voir, la marche d'un poëme non connu, et qu'on proscrit, c'est en tracer le plan, en enlever le sujet qu'on peut traiter ou faire traiter. Un auteur a-t-il besoin qu'on lui trace, à l'instar d'un programme, le plan de son ouvrage? Ne le connaît-il pas assez pour sentir les applications de la critique qu'on a pu en faire? — Nos critiques procèdent ainsi. — Mais, l'ouvrage de ce genre dont ils rendent compte, et bien avec un autre talent, a paru sur la scène; au lieu que celui dont il est question, doit attendre, dans l'ombre, cette éclatante faveur. Reprenons: que cet examinateur ait dit, d'un ton contempteur, tout ce qui est propre à donner du poids aux coups mortels qu'il porte au poëme; qu'il profite en cela, étant enveloppé des ombres de l'incognito, et sans crainte d'être réfuté, de l'avantage arbitraire de tourner la boussole, je veux dire, de prévenir, de déterminer, en faveur de son prononcé, l'opinion des artistes qui ont fait choix de lui. Il ne s'agit point ici de s'élever absolument contre l'espèce d'abus (*c*) qu'offre cet examen préalable, et que semble autoriser le sacrifice de tems où seraient entraînés les artistes énoncés, s'il leur fallait lire les productions théâtrales qu'on peut leur offrir, ni de dire qu'il pouvait, cet examinateur, présenter les faits d'une manière moins atterrante s'il eût été animé d'un vrai zèle pour la chose, et du bon esprit qui dirigeait, en pareil cas, Molière et Shakespeare, etc, (*d*); mais il s'agit de savoir s'il a dû les voir, les présenter, tel qu'il a fait, pour l'intérêt général, ce dont on va juger, et ce dont on peut déja pressentir par l'exemple que voici. Dans le préambule de ce poëme, j'ai dit, d'après un des premiers écrivains du siècle (Geoffroi): de belles tirades, étrangères à l'action, sont des ornemens ambitieux, des lieux communs qui font honneur à l'auteur, et gâtent l'ouvrage, etc. Soudain mon critique avance, parlant de moi: *l'auteur annonce, dans son préambule, qu'il ne recherche pas les ornemens du style; mais il faudrait au moins de l'exactitude*, etc. Ornemens du style! voyez l'heureuse manière de saisir et de présenter les choses! Enfin, de suite, je rapporterai les prononcés rapidement accumulés de mon critique, qui, sans analyse, sans preuves, sans énoncer rien de ce que peut avoir le poëme d'avantageux, mais le dépouillant au contraire, par ses dires tranchans, de tout ce qui peut le constituer favorablement, a voulu n'offrir en lui qu'un monstre d'imperfection. Cela posé, j'entre en matière.

EXPOSÉ DU POËME,

CONFORME A L'ORIGINAL.

Reçu le.... avril 1806, *remis à M. Maignien pour M. Saint-Prix, le* 22 *avril.*

RICIMER,

TRAGÉDIE EN CINQ ACTES ET EN VERS.

Boccoris, roi de Norwège, a tué dans un combat le frère de Ricimer, roi de Suède, qui, pour se venger, porte la guerre au sein de la Norwège, assiège et prend Berghen sa capitale, accompagné, dans cette expédition, par Célamir, prince de Danemarck son allié, amant aimé d'Olide, fille unique de Boccoris, qui la lui avait promise et ensuite refusée (1). C'est Célamir qui, avec ses Danois, s'empare du palais où est Olide; elle lui reproche sa victoire; il se persuade au contraire qu'il lui devra sa main (2). Ricimer, vain-

---

(1) Oui, et il le motive ainsi :

L'intérêt de l'état a brisé tous ces nœuds, etc.

(2) L'un ne détruit pas l'autre ; elle peut lui reprocher sa victoire, et lui, en espérer tout. Il dit :

. . . . Pour vous conquérir j'ai dû tout affronter.

. . . .

queur, paraît, offre à Célamir la moitié de la Norwège, qu'il refuse (1), n'aspirant, dit-il, qu'à la main d'Olide qu'il a voulu mériter par ses lauriers qu'il vient de cueillir (2). Ricimer a vu autrefois Olide; il en est aussi amoureux,

---

Songez que Célamir, plongé dans la tristesse,
Ne pouvait espérer l'objet de sa tendresse,
Si le sort des combats ne secondait ses vœux, etc.

. . . .

— Mon père est détrôné, vous parlez de vos feux !

D'ailleurs il la désire, la demande, etc. Eh! que de sentimens aussi généreux qu'héroïques suggèrent, à ce jeune amant, son noble et brûlant amour!

(1) Non : mais modestement, n'ayant en vue que la conquête de son amante, il dit à Ricimer :

Ce que j'ai fait, conduit par votre majesté,
Ne veut pas cet excès de générosité.
Je dirai plus : sous vous, par l'ordre de mon père,
Au travers des périls, si j'ai suivi la guerre,
Un intérêt bien cher, guidant mes étendards,
Me faisait surmonter les maux et les hasards.
Soit faiblesse ou devoir, mon cœur né pour la gloire,
Faisait tout pour l'amour en cherchant la victoire.
Oui, Seigneur, à l'objet de mes travaux guerriers,
Je brûlais de m'offrir le front ceint de lauriers :
Le Dieu puissant des cœurs nous tient sous son empire;
Et conquérir Olide est seul à quoi j'aspire.

On sent bien que cette manière de s'exprimer héroïquement est celle d'une belle ame, au-dessus de l'intérêt; qu'il lui fallait vaincre et conquérir Olide, ou être vaincu et la perdre, etc.

(2) Que cela est gauchement insidieux! Dites donc la conquérir, comme il l'a énoncé plus haut. Pourquoi changer la nuance? C'est tout gâter.

et, malgré la guerre qu'il fait à Boccoris son père, il conserve cet amour (1).

Il s'étonne (2) de trouver en Célamir un rival;

---

(1) Pourquoi non? L'un ne détruit pas l'autre; on peut aimer une femme, en haïr le père: tenter tout pour posséder l'une, faire tout pour se venger de l'autre, etc. De là toutes les agitations contraires d'une ame héroïque flottante entre l'amour effréné, la haine, la vengeance, la générosité, la clémence, etc. Cela n'est pas commun; mais les héros tragiques doivent-ils être des hommes ordinaires? De plus, dirai-je que, si le rôle d'Olide, affaire d'illusion parfaite, exige à la rigueur une femme forte, véhémente, énergique, pourvue des plus beaux moyens, etc. que celui de Ricimer, ne veut pas moins, vu toutes les nuances dont il est susceptible, un acteur qui ait de la dignité, une stature imposante, un organe mâle, un mordant tragique peu commun, de l'énergie, du foyer, de l'élan, etc., toutes choses dont l'aperçu peut ébranler un artiste qui, surtout, n'aurait pas vraiment à cœur son état, mais qui peut aiguillonner aussi l'artiste ardent qu'un noble amour-propre enflammerait, et qui voudrait, atteignant le sublime de son art, fixer sur lui l'estime générale. Voilà pourquoi l'amateur, homme plein d'ame, chargé de ce rôle jadis (quand le poëme fut essayé), était brûlant d'entrer sur la scène.

(2) Non, froidement, comme vous le présentez, mais tel à-peu-près que Mahomet, quand Seid, lui décelant son ame, lui dit qu'il a prévenu son ordre. Ricimer, roi, ne croyait pas avoir un rival heureux dans son allié, son ami, son vengeur, qui lui est soumis comme prince. Tel est le principe du plus grand intérêt que mon critique n'a pas voulu voir. Qui l'emportera de deux guerriers éperdus d'amour, aussi grands que valeureux et généreux, dont l'un est supérieur, l'autre aimé, et prêts à tout entre-

mais il compte en triompher aisément, et se promet que l'offre de son hymen sera accepté avec

---

prendre pour posséder la Beauté qui les a subjugués? L'amour de Gaston et de Bayard, bien qu'ils vont combattre, offre-t-il un si violent intérêt ? Non, parce que c'est le supérieur qui, étant aimé, a tout l'avantage, lui-même, en présence de la Beauté, de pouvoir dire à son rival de se retirer; et, de suite, rester tête-à-tête avec elle; ce qui atténuant l'intérêt envers Bayard, peut l'humilier à tous les yeux, malgré son héroïsme. De plus, ici, l'action n'est-elle pas grande? ne s'agit-il pas de révolution d'état? L'amour, loin d'être froidement épisodique, n'est-il pas le nœud du poëme? la chaste Beauté ne fait-elle pas le sort des têtes couronnées? La belle Hélène fixa-t-elle jamais l'attention avec autant d'égards qu'Olide, etc.? Allez, monsieur, ne lisant le poëme que pour en extraire, en courant, la marche, et trancher après, au hasard, vous n'en avez point saisi l'esprit, etc.; il fallait développer un peu la rivalité de deux héros presque encore dans l'âge de feu; rivalité! qui sera le véhicule de l'amour forcené de Ricimer, dont le caractère est annoncé ainsi :

> . . . . . Ricimer que protège le sort,
> Qu'en ces lieux ont suivi l'épouvante, la mort,
> N'est un lion cruel, et de sang trop avide,
> Que quand le fier courroux est devenu son guide.

Et plus loin :

> . . . . . . Ricimer, superbe, impétueux,
> N'en a pas moins un cœur sensible et généreux.
> Devant vous, pourrait-il garder un front sévère?

Dit le jeune amant à Olide, ne croyant pas parler d'un rival, rival! en butte à des alternatives cruelles, et qu'on va voir s'avancer à la mort au milieu du torrent des pas-

joie par les vaincus (1). Elle est refusée ; il est

---

sions énoncées qui le subjuguent, et le porteront à consommer le crime où elles peuvent conduire.

> Non : demeurez (dit-il). Soit orgueil, soit faiblesse,
> Ou qu'à marcher au crime un Dieu cruel me presse,
> Je vous le dis : la mort va précéder mes pas.
> Oui : je veux votre main, ou je veux le trépas.
> Tout me contraint, madame, à cette tyrannie.
> Eh ! sans toi, que m'importe, et l'empire et la vie !
> Je donnerais mes jours, ingrate, pour ton cœur.
> Olide, à vos genoux, contemplez un vainqueur.
>
> . . . .
>
> Ses charmes, sa présence et son air désolé
> Portent des traits de feu dans mon cœur ébranlé.
>
> . . . .
>
> Moi ! céder à l'amour ! fléchir sous son ivresse !
> Ah ! l'honneur a parlé, j'écarte ma faiblesse, etc.

(1) *Avec joie*, est de trop. S'il se promet que l'offre de son hymen sera accepté, s'il compte l'emporter sur son rival, c'est qu'il est alors dans le délire de l'illusion ; qu'il espère, à force de générosité, etc. subjuguer et le père et la fille.

> Les rayons de l'espoir sont entrés dans mon ame,

Dit-il, s'estimant assez, ce qui est dans la nature, pour le mériter au moins, et plus que son rival : d'ailleurs, quelle grandeur généreuse, quelle héroïque ambition ne manifeste-t-il pas, à ce sujet, à travers les alternatives d'espérance, et de doute, qui l'assiègent !

> Je veux d'un chef, comblé des suprêmes honneurs,
> Parcourant la carrière, enchaîner tous les cœurs, etc.
>
> . . . .
>
> Sur des trônes détruits, par des faits immortels,
> A mon Olide, à moi, construisons des autels.
>
> . . . .
>
> Orçade, ayant conquis l'objet qui m'est si cher,
> Je dispose mon camp à passer le Weser.

bravé par le père, et par la fille (1), qui lui dé-

> Si du sort glorieux la faveur me seconde,
> Je m'avance à grands pas à l'empire du monde.
> De nos mains, dressons-nous les autels de l'honneur, etc.

De plus cet Orcade qui lui dit :

> Ah ! songez qu'entassant merveilles sur merveilles
> Toutes vos actions nous semblent sans pareilles ;
> Vos vertus, vos hauts faits, vous rendant immortel,
> Les Suédois en leurs cœurs vous dressent un autel.

Cet Orcade, dis-je, (affaire de l'art), n'a-t-il pas rallumé dans le cœur de Ricimer les feux de l'espérance? Mais trève à cela ; car je ferais un volume.

(1) Oui : mais quand? Quand il a développé des sentimens cruels où l'emporte sa passion si contrariée. De la manière que vous présentez la chose, on dirait que, d'abord, les vaincus bravent le vainqueur ; et c'est le contraire. Si Alexandre, envers Porus, n'avait pas été généreux sans intérêt, Porus, dont la réponse sublime caractérise un roi aussi grand que fier, et intrépide, quoique vaincu, n'aurait-il pas bravé son vainqueur au risque de périr? De même le père d'Olide, qui, dès son entrée sur la scène, dit, parlant du terme de ses jours :

> C'est au lit des héros que j'en fixe le cours.

Est-il d'une trempe d'ame à sacrifier, n'importe à quel titre, sa fille, qu'il aime, à un vainqueur ennemi qu'elle n'aime point, et qui, s'il n'était amoureux d'elle, le sacrifierait impitoyablement? Conduit par la vengeance, n'est-il pas venu, la flamme à la main, le détrôner? D'ailleurs, n'a-t-on pas dit à ce vainqueur, parlant de Boccoris :

> Jamais, dans l'infortune, on ne vit tant d'audace ;
> Il ne veut, ni vous voir, ni vous demander grace.
> Sa fille, à ses côtés, est vainement en pleurs.
> » Qu'il m'accable, a-t-il dit, de ses fers oppresseurs ;

clare qu'elle aime Célamir. Il veut le faire partir, Célamir s'y refuse ; il le fait arrêter (1). Il renouvelle plusieurs fois ses offres ; les refus d'Olide l'irritent. Il la menace de faire périr son père et

---

» Qu'éfeuillant mes lauriers, sa vengeance m'enchaîne,
» En roi, je me dérobe aux regards de sa haîne.
» Qu'il m'aurait été doux de périr aux combats!
» Dites à Ricimer qu'il fixe mon trépas ;
» Je suis prêt.

(1) Non : soudain Célamir refusant de se retirer, est à la tête de ses Danois. Ricimer l'apprenant, dit bien :

Quoi ! braver, au mépris des ordres souverains,
Le pouvoir que le ciel a remis dans mes mains !
Ah ! soldats révoltés, ah ! rival téméraire !
Je vais porter sur vous, une main sanguinaire.

Mais sur ce qu'on lui représente que la Norwège a reçu de lui son pardon ; qu'il va la replonger dans le sang ; que Boccoris ne peut refuser de couronner ses vœux ; que Célamir n'est point dangereux, etc., il se calme, et finit par dire :

Sur Célamir, Orcade, il faut avoir la vue ;
Que je sois informé de ses projets nouveaux, etc.

De plus, Célamir n'a-t-il pas déclaré la guerre à Ricimer ?

Eh bien ! qu'ici la guerre,
Déchaînant de nouveau ses belliqueux enfans,
Allume, entre nous deux, ses flambeaux dévorans ;
Rappelons-y, cruel, la terreur, le carnage ;
Où veut tout replonger votre effrayante rage :
. . . .
— Téméraire ! fuyez ma présence et ces lieux.

Enfin il le fait arrêter : oui, mais avec Boccoris.

Ma rage en traits de sang va se graver ici ;
Le sort en est jeté ; je me rends à ma haine ;
Gardes, saisissez-les : allez, qu'on les entraîne !

son amant; lui laisse ensuite le choix d'en sauver

Mais avec Boccoris, auquel Ricimer avait dit, parlant d'Olide :

N'écoutant que l'amour, je l'obtiendrai, dussé-je
D'un déluge de sang recouvrir la Norwège.

Mais avec Boccoris, dis-je encore, quand ce bouillant jeune homme, tel qu'un Achille, conduit par son courage et l'amour, vient seul, s'opposant aux desseins de Ricimer, et par circonstance, protéger hautement le père d'Olide en danger ; ce qu'elle avait exigé de lui pour le prix de sa main, et qu'il lui avait promis, avec serment, à la tête de ses guerriers, leur disant :

O vous, braves amis, héroïques soldats,
Que la justice inspire, et conduit sur mes pas,
Pour défendre en ces lieux la vertu malheureuse,
Rallumons, s'il le faut, notre ardeur belliqueuse.
Le front ceint de lauriers, quelle gloire pour nous,
De garantir un roi d'un injuste courroux !
De servir la beauté, de calmer ses alarmes !
Héros, jurons-le tous sur nos sanglantes armes.

Serment qu'il manifeste enfin vouloir couronner en parlant ainsi à Ricimer.

. . . . Je suis du sang d'un roi,
Et je m'oppose en prince, au mépris des tempêtes,
A ton pouvoir cruel qui plane sur nos têtes :
Quand il faut enchaîner l'injustice en son cours,
Je n'examine point les périls où je cours,
Et le fier Ricimer, devant moi, n'est qu'un homme.

Ce qui diffère un peu de la manière que le critique la présente. Examinateur critique, est-il égal de partir pour Versailles à dessein de voir son parc, etc. (le plus riche, le plus beau de l'Europe) dans le courant du jour, à six heures du matin ou six du soir ? Ne détruit-on pas une

un des deux (1) ; elle demande la vie de son père, promet ensuite d'épouser Ricimer pour

---

action dramatique, ou ne la change-t-on pas, si l'on détruit, ou si l'on change un de ses élémens ? N'est-il pas difficile d'être conséquent, dans l'exposé d'un poëme, quand on hasarde de jeter, comme vous, çà et là, ses conceptions mal digérées à la place de celles d'autrui ? Les conséquences qu'on en tire alors peuvent-elles être justes ? Un édifice régulier dont on altère le plan primitif en y ajoutant, ou détruisant, d'après d'autres conceptions, ne devient-il pas bientôt un colosse d'imperfections ? etc.

(1) Fort bien! Est-ce tel que vous l'annoncez bonnement? Non: mais dans une circonstance violente, quand, parlant à Ricimer, elle dit :

Ah ! connaissez le cœur que vous désespérez ;
Quand sur le trône assis la gloire vous couronne,
Que des rares vertus l'éclat vous environne,
Que de peuples charmés l'encens brûle à vos pieds.

. . . .

Eh bien ! Sire, faut il qu'un effréné caprice,
Quand le Nord prise en vous l'éclat de la justice,
Vous fasse, ici, mêler la fureur des tyrans
Aux brillantes vertus des plus grands conquérans.

Quand Ricimer, au désespoir de trouver en elle une résistance si opiniâtre, se retire sans énoncer sa dernière résolution, et qu'Olide tremblante qu'elle ne soit terrible, s'écrie :

Ah ! mon cœur désespéré,
Par mille horribles traits se trouve déchiré.
Guerriers, suivez ses pas, suspendez sa colère,
Allez ! courez ! volez ! qu'il délivre mon père.

. . . .

Mais Dieux ! de Célamir suspendez le trépas.

Et qu'alors sa situation est déchirante !

sauver aussi son amant (1), se dédit, repromet

(1) D'accord ; mais loin que cela soit soudain, tel qu'on le présente, ce qui serait ridicule, n'est-ce pas quand on dit à son amant, parlant de Ricimer :

Lui résister, seigneur, c'est marcher à la mort.

Et qu'on l'emmène. Bientôt on va voir comme elle s'en justifie à Ricimer même. Si l'exacte et froide raison condamne ces mouvemens contraires d'un cœur agité qui tremble pour ce qu'il aime en péril, le sentiment les absout, parce qu'ils sont dans la nature, et le charme d'un caractère passionné ; sans eux, que serait Hermione, etc. ? car je ne tarirais pas sur ce que je pourrais opposer aux conceptions destructives, qu'on ne pressant que trop, de mon critique, lesquelles, sous l'aspect d'un meurtrier dramatique, armé du poignard censorial, semble s'élancer de son cerveau, telle que Minerve est sortie de celui de Jupiter. Hélas ! peut-être sont-elles, en grande partie, ces conceptions, par les changemens qu'elles suggèrent impérieusement aux auteurs, le principe de l'éclipse soudaine de maints poëmes foudroyés par l'équitable bon sens. Examinateur, si la chose est telle, si trop aveuglément soutenu de la faveur de tant d'artistes distingués qui vous environnent de leur confiance, vous pouvez faire loi dans la carrière dramatique, sans preuves d'un génie authentique, prenez donc un peu d'ellébore pour mettre un frein à cette bouillante et folle audace de vous élever, en fait de conception, au-dessus d'autrui, et calmer cette effervescence d'amour-propre qui vous fait prononcer si immodérément. Il est désagréable de passer, quand la vérité brille, pour de ces gens qui, ayant le parfait idéal en tête, n'aperçoivent rien de bien ici-bas, ou de ces petits esprits aussi pointilleux qu'opiniâtres, qui ne voient pas

encore (1), demande, avant d'aller à l'autel, à dire un dernier adieu à Célamir, en présence de

---

plus loin que leur nez. Répéterai-je qu'il faut un tact exquis pour juger bien, à la lecture, de l'effet dont un poëme dramatique nouveau peut être susceptible à sa représentation; qu'on peut ne pas avoir ce tact, au suprême degré, avec des connaissances, de l'esprit et même l'habitude de la scène! Donc, soyez désormais un peu plus réservé, ou l'on peut penser qu'en meurtrier dramatique, vous pulvérisez un tel ouvrage à dessein d'en sacrifier impunément l'auteur.

(1) Qu'est-ce à dire? Présenter ainsi cela est donner l'idée d'un caractère faible, inconséquent, pitoyable. Voyons s'il est tel. D'abord Olide a promis, mais dans un moment d'effroi, se sacrifiant toute entière pour son amant. Qu'est-il devenu? Elle l'ignore. A dessein de le sauver ou de périr, venant trouver Ricimer, elle dit, mettant la main sur un poignard dont elle est secrétement munie:

> Oui, sauvons mon époux, s'il en est tems encor,
> Ou par un coup terrible affrontons notre sort (*e*).

Mais, à ce que dit Ricimer, l'illusion lui représente qu'il est revenu à ses principes d'équité, etc. Soudain l'espérance renaît dans son cœur; elle dit:

> . . . . Ah! seigneur!
> Le devoir, les vertus, votre gloire, l'honneur,
> Tout, me parlant pour vous, cherchait à me convaincre
> Que le grand Ricimer saurait enfin se vaincre;
> Qu'il saurait surmonter ses transports dominans,
> Se gagner tous les cœurs.

Bientôt Ricimer, replongé dans une perplexité cruelle, s'écrie:

> Vous balancez encor? N'avez-vous pas promis?

Ricimer ; dans cet adieu, elle lui présente un poignard, le prie de s'en frapper, et de se tuer

---

Elle s'en justifie.

Mon cœur loin de parler ne cédait qu'au malheur
Qui m'écrasait alors du poids de sa rigeur.

. . . .

J'ai fait, seigneur, j'ai fait cette injuste promesse,
Mais, l'effroi, mais, la mort, en tonnant dans mon cœur,
M'ont fait promettre tout, autant pour votre honneur,
Que pour sauver les jours du prince magnanime,
Près de tomber enfin sous le glaive du crime.

Olide repromet encore, non positivement. Elle dit bien qu'elle s'abandonne à Ricimer, qu'il l'emporte ; mais parlant moralement de Célamir, elle dit :

Hélas ! brisant le nœud qui m'engage sa foi,
Ciel ! écarte de nous les traits de ta vengeance.

Ce qui fait pressentir sa résolution, mais sans parler d'aller à l'autel, et tout cela, dans l'instant que son amant est près de périr à ses yeux.

Quelqu'un vient. Si c'est lui, tremblez à vos yeux mêmes,
Cruelle ! il va périr,

A dit Ricimer, et que les deux rivaux enfin pensent à s'entr'égorger ; d'ailleurs on connaît et l'on devine sa résolution, qu'elle manifeste encore en mettant la main sur son poignard, et disant :

Ah ! je me rends au sort qui s'explique à mon cœur.

Bientôt, par ses demandes, soit pour périr avec son amant, ou subjuguer Ricimer, elle le trompe. Cela est notoirement permis sur la scène. Bref, d'après ces observations, lecteur, croyez-vous que je sois en droit d'envoyer, M. l'examinateur, à l'école du génie pour s'instruire des secrets de l'art qui paraissent lui être inconnus ; de celui

après ; elle lève ce poignard sur son sein, et menace Ricimer de s'immoler à ses yeux, s'il ne renonce solemnellement à l'épouser. Pendant ce tems, Boccoris qui a profité de sa liberté pour soulever les Norwégiens (1) et les joindre aux Danois, attaque les troupes de Ricimer : on vient l'en instruire; il fait garder les deux amans au palais; va combattre, est blessé à mort par Boccoris ; donne, en expirant, l'ordre de faire périr Olide et Célamir. Boccoris accourt, et arrive à *tems* pour empêcher l'*exécution* de cet ordre cruel, qu'on devait d'autant moins attendre (2) de Ricimer que, pendant toute la

---

d'exposer des faits avec vérité, et de suite, juger conséquemment ?

(1) Je ne sais si l'on peut dire qu'un souverain soulève ses sujets quand des revers l'en écartent, qu'il n'a fait nul traité à leur égard, bien qu'il soit vaincu ; qu'il peut de nouveau revoler à leur tête, les rallier et les conduire aux alarmes. Tel agit Boccoris, qui, pensant tel que le sexagénaire Louis XIV, voulant triompher ou s'ensevelir sous les ruines de ses états, s'écrie :

> Divinité suprême, et par qui je respire,
> Ah ! si c'est ton esprit qui dirige mes pas,
> Si c'est lui qui m'enflame, et me pousse aux combats,
> Permets que cette main, s'armant de ton tonnere,
> Donne, en ce jour de sang, le repos à la terre.

(2) Pourquoi ? D'abord méthodiquement il fallait réserver cette réflexion pour vos prononcés, afin de ne pas

pièce, il est combattu entre la clémence et la colère (1). Agité de remords dès qu'il a me-

---

vous y répéter : passons. Mais sans parler du mouvement héroïque qui, comme un autre Mithridate, enlève Ricimer de la scène, n'est-il pas dans la nature d'attendre tout, soit en bien, soit en mal, d'un homme à caractère, qu'une passion effrénée, rompue en visière, malgré tout ce qu'il fait en bien pour la couronner, a déjà conduit à des violences terribles, et qu'il juge être, à son dernier moment, tel qu'il l'a manifesté vingt fois, le principe de sa mort? il se dit :

. . . . Pour tes prospérités
Saccage ces torrents de soldats révoltés.
Ta pitié te prépare une chûte cruelle.
. . . .
Une secrète voix qui me dit chaque jour :
Tu péris tout entier en cédant à l'amour, etc.

Mais, réflexion faite, est-il sûr que Ricimer, qu'on s'efforce d'anéantir tout entier, n'ait pas pris quelqu'essor infidelle au lieu de rester intact dans les mains auxquelles il fut confié? Il est, dans ce genre, des exemples d'infidélités, et.... Taisez-vous, mon esprit, avec votre doute.

(1) Voyez le grand malheur! un homme avoir des irrésolutions, des combats du cœur, etc.! quand il est dominé par de grandes et nobles passions telles que celles de la gloire, de l'héroïque ambition! subjugué par un amour aussi brûlant que malheureux, dévoré du désir des belles ames régnantes, et qu'envisageant la félicité de ses peuples, il se dit, les larmes aux yeux, parlant d'Olide, et tels que les héros d'Homère indignés de leurs faiblesses, etc.

Son image adorée est toujours dans mon cœur,
Et je puis croître ainsi sa peine et son malheur!
Moi! moi, qui présumais en grand homme, en Roi juste,
Être un jour surnommé le Ricimer auguste!

nacé, et qu'il réfléchit sans cesse aux avantages qu'il y a à vaincre ses passions, et à avoir de la grandeur d'ame, Boccoris ordonne de préparer l'hymen de sa fille et de Célamir; rend graces aux cieux de sa victoire, et la pièce finit (1).

Oui ! je crus, sur le trône, imitant mes ayeux,
Du bonheur des mortels occuper tous mes vœux;
Et . . . .
Ricimer, ébloui par ton illusion,
Tu présumais remplir l'Univers de ton nom, etc.

Peste soit du critique qui se plaint, comme on dit, que la mariée est trop belle. Examinateur, envisagez donc Auguste, Hermione, Cinna, et tant d'autres caractères à peu-près de cette nature, dont la scène est illustrée; mais réprouver les mouvemens contraires qui agitent et ont agité de toute éternité les ames aussi fortes qu'élevées, nobles et généreuses, en proie aux crises des passions extrêmes, et flottant alors dans un déluge d'irrésolutions, n'est-ce pas vouloir, méconnaissant la nature, qu'un vaisseau, en butte aux ouragans déchaînés sur le globe, reste mobile au milieu des flots soulevés ? Pensez et jugez. Enfin, sans le vouloir, monsieur mon critique, ne faites-vous pas, malgré vos bévues, un éloge tacite du poëme, par son exposé ? car, cet exposé prouve qu'on peut le suivre et l'entendre, ce poëme! du commencement à la fin. Grand merci.

(1) Ne devait-elle pas finir ? Mais le dénouement, qui a paru heureux, la termine bien : pourquoi ne l'avoir pas dit? Pourquoi ? belle demande ! c'est qu'à tort, à travers, je me suis complu à vous battre en ruine. — C'est fort bien fait à vous; je vous en fais mon compliment. Heureux! si l'on n'est pas tenté de croire aussi que votre critique sue le coquinisme; car il faut être, je crois, le plus

injuste ou le plus aveugle des hommes, etc. pour énoncer, sans dire le mot, ne voyant que les défauts, les petites négligences, qui se font mieux sentir à la lecture qu'au théâtre, qu'un poëme est détestable, lequel, d'une texture assez nouvelle, est évidemment un assez bon ouvrage, vu son intrigue, sa force même, son élévation et son héroïsme, qui surtout le constitue, et dont vous ne parlez pas. Exemple en partie de cela, etc. Voyez la fin de la note (*d*), Ricimer dans une crise violente, parlant du père et de l'amant, dit :

. . . . . . Ce dieu veut, pour venger mon frère,
Appesantir sur eux, par moi, sa main sévère.
Songez que s'il a pu, déchaînant ses fléaux
Plonger le monde entier sous l'abime des flots,
Et doit, tranchant les jours de nos futures races,
Par des torrens de feux en effacer les traces,
Il peut permettre aussi, pour punir des pervers,
Que d'un fleuve de sang je couvre l'Univers.
. . . .
Je règne, et règne ici; la victoire en mes mains . . .
A remis cette Olide, et le sort des humains.
Dussé-je en l'épousant rencontrer le tonnerre,
Dussent tomber sur moi, les fléaux de la guerre,
Je veux, dans cet empire, enchaîné sous ma loi,
Que le monde en tremblant, fléchisse devant moi, etc.
. . . .
Ma noble ambition a formé l'entreprise
De voir l'Europe un jour à mes décrets soumise;
Ses membres divisés, saisis d'un juste effroi,
En flots tumultueux peuvent marcher vers moi;
Viens, fixant la Beauté, que toujours la victoire
Daigne ombrager ce front des palmes de la gloire.
. . . .
Au rang des immortels ouvrons-nous des chemins, etc.

Car, soit antipathie, dégoût, etc. ces ames de glace ne sentent rien, ne devinent rien, n'éprouvent rien; elles ne savent que vous écraser, sans être sûr, je crois, de vous faire du mal. Néanmoins poursuivons :

Guerriers! dont je connais la valeur et le zèle,
Qui brûlez d'acquérir une gloire immortelle.

Ricimer, comme vous, inspiré par l'honneur ;
Songe, sur l'Univers, à fonder sa grandeur, etc.

A ce sujet, qu'a pu dire de plus, à l'instant de combattre, le vainqueur d'Austerlitz ? Vers ce tems je me rappelle avoir dit, dans un imprimé, à dessein de raffermir la confiance publique qui s'ébranlait un peu : « Eh bien ! » quel parti prendre contre les revers et les circonstances, » qui pour lors arrêtent, en partie, le cours des opéra- » tions financières, etc. si ce n'est, en s'armant de pa- » tience, d'attendre avec confiance l'abondante prospérité, » ombragée des oliviers de la paix, que doit nous amener » sous peu le char victorieux du triomphateur Napoléon ! »

NAPOLÉON !... (*Ai-je publié après la bataille de Marengo.*)
Ah ! ce Héros chéri, qui, tout brillant de gloire,
Naguère est descendu de son char de victoire,
Guidé par la vertu, l'honneur et l'équité,
Chaque jour fait un pas vers l'immortalité.

J'ai relevé, en partie, les manques d'aperçu de mon juge dans son exposé. J'en aurais trop à dire pour rétorquer les prononcés sans preuves qui le suivent, et complète cet édifice critique élevé, peut-être, en moins de trois semaines par deux ou trois génies supérieurs qui n'ont ni tout pensé, ni tout dit, ni rien produit ; lesquels, secouant le joug du bon esprit, et s'entre-heurtant de front, se disputaient, je crois, l'honneur de voir de travers, et de s'armer de la verge censoriale qui devait à coups pressés, tel qu'on va le voir, me frapper de mort morale. Mais qu'en cela mon examinateur, décelant une ame de glace, un esprit faux, une rigueur intolérable, manifeste l'ignorance du cœur humain, et des caractères illustres qui, en butte aux crises des grandes passions, embellissent, en cela même, la scène française ; que de mon poëme alors, la texture assez nouvelle, la chaleur, l'action, l'intrigue, l'intérêt, les traits d'héroïsme, de grandeur, le dénouement heureux ne l'aient point frappé ; qu'il ait avancé, jugeant vulgairement par prévention, sans songer que, qui veut trop prouver ne prouve rien, sans penser qu'il faut disséquer, et donner des raisons sûres pour accréditer sa critique. *Ce poëme est d'une excessive longueur*, bien qu'il n'ait que deux mille vers environ, tels que ceux des Corneille, des Racine. *Il n'y a peut-être pas dix vers en tout l'ouvrage qu'on ne trouvât à reprendre quelques défauts (f) ; sa situation est la même ; les scènes, des répétitions les unes des autres ; il n'est ni bien conduit, ni intéressant ; les caractères n'ont ni vérité, ni ensemble ; Ricimer, par exemple, a des remords, des violences, des excès de générosité, et fait des réflexions qui ne produisent en lui aucun changement.* (Revoyez à ce sujet la Variante première, page 21), et de suite, d'un air bonnace : *à quoi bon tout cela, puisqu'il doit rester cruel jusqu'à la fin?* – Quoiqu'il ne le soit, faut-il dire, à l'exemple d'Alexandre tuant son ami Clitus, que quand la violence de ses passions contrariées l'emporte au-delà de lui-même. Qu'il ait dit, comme tombant des nues : *qu'est-ce qu'un jeune prince .... qui conseille au vieillard d'aller soulever ses troupes, etc. ?* Tandis que la vérité est que Boccoris, s'étant exprimé ainsi :

Ma liberté présente est le dieu qui m'anime ;
Ma gloire est de tromper le tyran qui m'opprime.

Ce jeune prince, ne pouvant le suivre, s'écrie avec l'enthousiasme de l'héroïsme :

Ah ! joignez mes soldats, foudroyez ce tyran,
Oui : vengez vos Etats, le monde, et votre sang.
Allez, suivez, cédez au Dieu qui vous inspire.

A propos, j'oubliais là une réflexion importante de mon critique. *Est-il naturel*, dit-il, *que Célamir n'imagine pas de meilleurs moyens d'obtenir Olide de son père que d'aider à le détrôner, ni d'autres lauriers à étaler aux yeux de sa maîtresse que ceux qu'il cueille en lui ravissant son héri-*

tage ? L'esprit faux a fabriqué cette phrase lente, non, parce qu'elle offre une contradiction palpable en énonçant que Célamir *ravit l'héritage*, etc., non, parce qu'on ne peut dire, *imaginer des lauriers à étaler*, etc., mais, parce qu'elle manifeste que, jugeant par passion, l'on veut les choses noires quand elles sont blanches. Preuve : Célamir soumis à Ricimer, chef suprême, peut-il ravir, quoiqu'il commande son armée auxiliaire, le trône de Norwège ? Est-il l'héritage d'Olide, son père vivant ? Est-il au pouvoir de Célamir, que l'intérêt des états de Boccoris a écarté, de le détrôner ou non ? Célamir obéissant en cela aux ordres de son père, n'a-t-il pas dû tout tenter pour cueillir les lauriers que pouvait lui donner alors la victoire ? Pouvait-il enfin, se laissant vaincre par son amour, oublier son honneur, son devoir, et causer ainsi la destruction de Ricimer qu'il avait dû soutenir ? Mais trève aux observations où peuvent entraîner les fausses conséquences de mon critique, et songeons à ce que dit Célamir. 1°. A Olide, parlant de son père :

Songez qu'il m'ordonna de quitter son empire,
De renoncer à vous, d'étouffer mon amour ;
Et, si je vous fus cher, rappelez-vous ce jour
Où nous quittant, forcés par sa rigueur extrême,
Nous perdions, disiez-vous, la moitié de nous-mêmes.
Enfin l'hymen, sur qui je fondais mon bonheur,
Peut suivre maintenant le don de votre cœur.

2°. A Ricimer, parlant d'Olide :

Moi ! qu'on ne vit braver le tumulte des armes,
Courir à la victoire, à travers tant d'alarmes,
Tout brûlant de monter au faîte de l'honneur,
Que pour lui présenter un plus illustre cœur.

3°. A Boccoris :

Seigneur, pour Ricimer, mon père arma mon bras ;
Mais l'amour malheureux, surtout, guidait mes pas.

Or, d'après cela, peut-on dire qu'il est venu ravir l'héritage d'Olide, lui qui brûle de l'épouser? — Revenons. Que de là mon critique ait cité, *pour exemple de l'étrange style de l'ouvrage*, neuf vers, justement critiqués, et soudain corrigés d'après les vues qui m'ont fait publier jadis (*g*), la critique juste, éclairée, presse le vol d'un poëte au sommet du Parnasse; seule, elle sait lui frayer les chemins de l'immortalité. Qu'à dessein de me couvrir d'une défaveur entière, il se soit appesanti sur les fautes d'orthographe qui échappent, surtout, parce qu'on est emporté par le sens, lesquelles disparaissent à l'impression, lesquelles, à ce titre, sont dans un manuscrit, ce qu'est un point dans l'immensité; enfin, qu'il en soit venu, pour couronner déterminément ses hautes conceptions, et tous procédés à mon égard, à sa conclusion, en partie bénévole *on ne croit pas possible de l'admettre à la lecture*. Corbleu! on ne croit pas possible!... je le pense bien; vous avez arrangé l'affaire en conséquence. Mais, qui ne sait pas que le conflit des passions est sans charmes pour de certaines ames; qu'il faut l'œil perçant du génie pour juger les œuvres qui ont trait au génie; qu'il n'y a, pour ainsi dire, que les ames aussi élevées qu'ardentes qui, lisant un manuscrit d'une telle nature, et sondant l'avenir, puissent y découvrir, sentir, apprécier les alternatives d'un cœur héroïque agité de passions majeures; qu'un dialecticien subtil et pointilleux, possédant l'art de chicaner sur tout, n'est pas un vrai logicien qui néglige les détails pour aller droit au principe; que ce n'est pas d'un individu, qui prend froidement le compas géométrique, et grammatical, pour juger les élans d'une imagination enflammée, qu'on doive attendre un jugement sain sur un poëme susceptible d'effets au théâtre, qu'on doit comme deviner, et qu'ainsi il n'est pas inouï que mon examinateur, dont rien n'a caractérisé authentiquement le génie, qui a vu, ou voulu voir tout en noir; qui, par sa critique, semble être peu capable d'analyser, et rendre compte d'un poëme, etc. n'ait rien aperçu, dans le mien, de ce qui pouvait le rendre digne, non seulement d'affronter les orages de la lecture, mais ceux de la scène ? Aussi je le laisse, du haut de son intelligence boiteuse, se vanter de son triomphe clandestin, et sourire, peut-être malignement, d'avoir pu, sans obstacles, appesantir sur moi son coup de fouet censorial qui devaient, m'échauffant la bile, m'entraîner dans un déluge d'observations, m'écarter, malgré les plus nobles efforts, de la scène française, et même étouffer en moi, je le sens, ce véhicule de gloire théâtrale, principe d'émulation que m'avait départi la nature. Mais j'avance :

1°. C'est ainsi qu'on peut parvenir à sacrifier l'art dramatique, écraser ses plus zélés, ses plus chauds partisans, perdre le premier théâtre de l'Europe, malgré ses productions de génie, et, soit dit sans adulation, les beaux talens qui, chaque jour, en sont les organes.

2°. J'ai eu tort, d'après ma Boutade poëtique (*h*), de faire à ce théâtre (*i*) de nouvelles tentatives. Pour m'en justifier, dirai-je, tel qu'un amant tyrannisé que le dépit écarte, mais que soudain sa passion ramène près de l'objet aimé, l'ascendant dramatique, le charme des talens énoncés, l'envie de leur être aussi utile qu'agréable, l'espoir renaissant de les rendre, avec honneur, les organes de mes ouvrages, joints à la satisfaction de les voir, de les entendre, comme amateur, me fit bientôt oublier tout. Voyez la note (*l*), et comme auteur, revoler vers eux, au risque d'essuyer de nouveaux désagrémens :

> Y fus-je pour prouver, au monde épouvanté,
> Qu'il règne sur la terre une fatalité ?

Dirais-je volontiers, avec Armide, de mon Siège de Jérusalem, tragédie, confiée jadis à feu Laporte, secrétaire des Français, remise à quelqu'examinateur, traînant dans l'oubli, on ne sait où, de laquelle j'ai copie, et dont il fut publié un extrait.

5°. Les artistes Saint-Prix et la Rochelle m'ont parlé, hors de leur assemblée, le jour que j'y fus touchant la lecture de ma tragédie, et me pressaient de la leur donner pour la remettre à un examinateur; mais, leur refusant, et posant cette question: quel est celui qui se croit avoir assez de goût, de lumière, et surtout de génie, pour prononcer seul affirmativement sur un poëme? Si j'ai dit que je ne me mettais point sous la férule d'un inconnu, que donner ainsi des ouvrages c'était les tuer; certes! je ne me trompais guère, et j'étais fondé à parler et procéder ainsi. Cependant, huit jours après j'ai déféré à l'ordre établi, par égard pour cette assemblée. Ai-je bien fait? c'est une question. J'étais fondé, dis-je, ou je crus l'être : pourquoi? parce qu'il est de fait :

Et, que touchant cet examen, on avait abusé dès longtems de ma confiance (*k*);

Et, que j'avais été insolemment joué (*l*);

Et, que pour répondre au zèle désintéressé que manifestaient mes observations sur Cinna, dans les vues de la prospérité du théâtre français, auquel j'avais mes entrées de coulisse, supprimées depuis treize mois, on m'avait régalé d'un pamphlet imprimé (*m*), ce que personne ne pouvait ignorer;

Et, que j'estime que personne ne doit être plus en état de juger un poëme, théâtralement et sentimentalement, que le cercle d'artistes en question, animé généralement d'un bon esprit;

Et, que dans mon Amateur du théâtre (*n*) j'avais combattu, en partie, ce système vicieux d'examen préalable, en faveur de ces artistes mêmes, dans le tems qu'une société de littérateurs, dont Laharpe était le coryphée, voulait, à ce sujet, les mettre en tutelle, parce que ces artistes, comme d'autres, avaient pu se tromper, ce que des chûtes multipliées, il est vrai, n'avaient que trop prouvé ;

Et, qu'il est peu dans la nature qu'un homme ait toutes les qualités requises pour juger un poëme, sous tous ses rapports, ou bien il aurait donc la science infuse ;

Et, qu'il est naturel, ce qu'on ne voit que trop, de juger d'après ses moyens moraux et physiques, lesquels peuvent avoir peu de rapport avec ceux de l'auteur d'un ouvrage, sur lequel on prononce ;

Et, qu'ayant chacun sa manière de voir, de sentir, d'écrire, un auteur n'étant pas là pour éclairer, sur son ouvrage, la perspicacité de son juge, ce juge, sensé homme de mérite, tel qu'il est dit, n'en est pas moins dans le cas, même avec les meilleures intentions, de voir d'un autre œil que lui, de mettre ses idées à la place des siennes, et de là, faire découler mille conséquences funestes aux auteurs, puisqu'il est sûr que leur sort est à la discrétion de ce juge, qui, fondé, ou non fondé, peut les anéantir d'un mot ;

Et, que l'hôtel de Rambouillet, condamnant Polyeucte à l'oubli, n'avait pu l'anéantir, parce qu'il fallait, pour cela, la sanction des acteurs d'alors, que l'affaire regardait essentiellement, au lieu que par cet examen préalable, émané arbitrairement, je crois, des acteurs actuels, qui peut leur être fort commode, non glorieux ni lucratif, le jugement, quel qu'il soit, d'un examinateur, est sans appel, et, près d'eux, a force de loi. Or, que d'inconvéniens ce mode ne présente-t-il pas ? Preuve. Si Voltaire avait été examinateur au théâtre français, et que Corneille s'y fût présenté tel que moi, Corneille même aurait-il illustré la scène ? Ouvrez les Commentaires de Voltaire sur les chef-d'œuvres de ce grand homme, et jugez. Je me rappelle d'avoir dit, dans mon Amateur du théâtre, page 28, qu'en les lisant, ces Commentaires ! on croit voir Voltaire, armé du scapel de la malignité, cherchant à miner ce colosse tragique qui, en tombant, l'écraserait lui-même. Lecteur, ce que j'avance de Voltaire peut s'appliquer, à Laharpe, au sujet de Corneille, et surtout de Crébillon, qu'il a osé traiter avec un mépris qui ne serait pas pardonnable, a dit le savant Geoffroi, quand même Laharpe aurait fait Radamiste, et Crébillon Mélanie.

Enfin, s'il est dans la nature (*o*), de haïr, de ne point pardonner, de chercher à perdre ceux qu'on a offensés, de même il est des caractères, si peu heureux, que nul procédé honnête, de la part de l'offensé même, ne peut gagner, lesquels, n'étant jamais animés par le bon esprit, veulent, *mordicus*, vous sacrifier. Pensez et jugez. Au demeurant, je fais ce que je crois devoir faire en publiant cet écrit; mais, je déclare qu'il n'a point trait à justifier entièrement mon poëme, quoique le fond du sujet, etc. soit l'enfant-né d'un ouvrage intéressant qui, jadis, a réussi. Quoiqu'essayé par des amateurs, qui n'avaient que du zèle, il ne fit pas un mauvais effet. Certes! malgré mes efforts, il peut avoir des défauts dans le cas de lui ravir, à la représentation, l'honneur d'être couronné par le succès. Or, ébranlé de nouveau par le doute du succès, autant que par les difficultés qui, pour moi, sont comme insurmontables, et n'ayant jamais eu envie, la chose fût-elle en mon pouvoir, de compromettre, faut-il dire, par des chûtes, les beaux talens de la scène française; je mets un frein à mes prétentions, bien que ce soit un des plus grands sacrifices, que puisse faire un auteur, que de se ravir l'espérance d'être joué par les talens énoncés, bien que j'aie, comme on sait, d'autres ouvrages, et que je puisse dire, d'après un de nos célèbres critiques: « je serais consolé de ne paraître point, si quelque chose pouvait consoler l'homme qui, n'ayant eu que la gloire en vue dans ses travaux, croit sentir son génie, et qui le voit méconnu. » De plus, affirmerais-je que mes réfutations ont pour but principal d'écarter, du théâtre français, des abus préjudiciables à l'art, aux auteurs, à lui-même, non de chercher à briser, la chose fût-elle possible, l'autel où j'ai sacrifié à son égard; non de le forcer à revenir sur mon compte ? A ce sujet, ne doit-il pas me suffire d'être descendu une fois, comme à la prière, dans la circulaire que j'ai adressée à ces artistes ? Voyez note (*i*). Enfin, je termine par avancer : s'il est vrai que nos sentimens ne peuvent se reposer dans un juste équilibre, et que nous soyons enthousiastes ou détracteurs, il paraît constant que j'ai trouvé, moi, au théâtre français, de ces détracteurs aussi dominans qu'insinuans, lesquels, plus ardens à détruire qu'à construire, cèdent plutôt à l'art de blâmer et sacrifier les gens, qu'à celui de les encourager et seconder leurs efforts. Or, ces détracteurs n'étant que trop savans à tenir en leur dépendance, malgré toutes considérations, toutes autorités possibles, le sort des auteurs, etc., le néant dramatique a dû, et doit être mon partage.

NOTES.

(*a*) *De Cinna.*) Ces imprimés parurent, l'un en l'an 9, l'autre en l'an 10, et se trouvaient chez Barba, libraire, au Palais-Royal.

(*b*) *Les Femmes de bonne humeur*) ou le Suborneur joué, comédie en cinq actes, et en vers. A ce sujet, lisez une lettre publiée par la voie des petites affiches du 25 floréal an 6; non celles de Ducrai Duménil.

(*c*) L'espèce d'abus.) Espèce! s'en est bien un, et très-contraire, malgré ce qu'on peut dire, à l'art, à l'intérêt du théâtre, et aux auteurs; bien qu'il soit, pour ainsi dire, comme indispensable.) Voyez pages 30, etc.)

(*d*) *Molière et Shakespéare.*) Ceux qui osent se rendre les précepteurs des auteurs actuels devraient bien se pénétrer, avant, de la conduite franche et noble de ces deux premiers génies auxquels l'Europe doit, comme on sait, Racine et Benjohnson, soit dit sans avoir trait à l'artiste St.-Prix, lui! qui, déposant mon poëme au secrétariat, eut l'air de prendre l'affaire à cœur, et qui pourtant me le remit, avec la critique en question, (ce qu'il n'a pu faire sans y donner son assentiment), sans mot dire aux observations que je hasardais de lui faire en la parcourant. Lui! qui, très-antérieurement à cela, m'avait dit du même poëme, toutefois en condamnant, en partie, le style, que le plan était bon, qu'il y avait du génie et des bouffées.... Ce sont ses termes. Or, dans un tel cas, doit-on être de glace à des observations aussi judicieuses qu'honnêtes? auquel des deux jugemens dois-je m'arrêter? Le premier, aussi flatteur qu'encourageant, je l'avoue, fut un nouveau véhicule qui, animant mes tentatives, me fit courir tête baissée après la perfection. Le second est un coup de poignard littéraire qui m'ôte la parole.

(*e*) *Affrontons notre sort.*) J'observe que s'il a plu, à Voltaire, d'avancer contre la saine morale cette maxime dangereuse.

Quand on a tout perdu, quand on n'a plus d'espoir,
La vie est une opprobre et la mort un devoir.

Il me fait plaisir à moi, de lui opposer la suivante, énoncée par Boccoris parlant à Ricimer :

Que la mort, par tes mains trouve en moi ta victime,
Je me la donnerais, si ce n'était un crime.

(*f*) *A reprendre quelques défauts.*) Oui : si vous avez pris souvent au propre ce qui est dit au figuré. A ce sujet je me rappelle qu'un acteur, que je ne nomme point par égard, a condamné ce vers que dit à Olide, Ricimer, hors de lui-même :

(*A part.*)
Je suis au désespoir. Vous m'avez endurci,
Ingrate, d'un seul mot vous sauviez la victime, etc.

Dire à une femme : vous m'avez endurci! me dit-il, attachant des idées grivoises au mot, et oubliant ce vers de Voltaire :

Même aux plus endurcis font entendre leur voix.

Enfin, si c'était mon examinateur qui, préalablement, eût prononcé, depuis du tems, sur maintes pièces foudroyées en voyant le grand jour de la scène! Certes! sans être étonné de ce qu'il n'aurait pas trouvé, dans mon poëme, dix vers sans défauts, je croirais pouvoir dire de lui ce que Cicéron disait de la multitude qui le huait : *ses éloges me déshonoreraient.*

(*g*) *Publier jadis.*) Dans ma scène dramatique, (p. 3) tirée du bon Frère, comédie en deux actes ; scène imprimée en Bretagne, 1787.

(*h*) *Ma Boutade poétique.*) — La voici :

Au théâtre Français, vingt-cinq ans j'osais croire
M'y ceindre un jour le front des palmes de la gloire;
Mais, briguant cet honneur, en vain j'ai combattu:
Des auteurs plus heureux ! . . . Enfin, je suis vaincu:
Je fuis, et vais m'ouvrir, au théâtre Voltaire,
Les sentiers glorieux de ma vaste carrière.
Puissé-je y dire un jour, aidé de bons esprits:
L'art n'est plus aux Français, il est tout où je suis.

Ma foi! cher lecteur, sans vous faire remarquer qu'à la faveur de l'élan sublime d'un vers de Corneille, je termine ma Boutade, sans vous entretenir de petites noirceurs assassines *, qui, enchaînant les efforts dramatiques d'un pauvre auteur, peuvent le frapper de mort morale, et qu'ainsi il n'est pas étonnant qu'un extrait publié d'un de mes poëmes (le Siége de Jérusalem) soit daté de 1781. Sans vous faire observer que le théâtre Voltaire **, dont je parle, n'existe vraiment encore qu'en idée, et que le plus grand sacrifice, pour un poëte dramatique, est d'être forcé de s'éloigner des talens admirables de la scène française; sans vous dire, à-peu-près, comme un de nos célèbres critiques (Geoffroi), qu'on doit tout espérer du génie bienfaisant qui, régnant sur la France, laisse tomber journellement, sur elle, de ses rayons; rayons! qui dissipent les complots ténébreux, ramènent par-tout l'ordre et l'équité, raniment ceux que la détresse et le malheur ont laissés sans protecteurs et sans crédit, etc. Sans vous occuper de tout cela, dis-je, ma foi! cher lecteur, répéterai-je, puisque je suis en train de donner essor à ma noble ambition théâtrale, il ne m'en coûte pas plus de me

* Je ne puis me persuader que l'élite des Français ait eu part à ces noirceurs; mais je crois qu'elles ont découlé de quelques gens perdus dans l'ombre de ce théâtre, gens que je ne connais point, et ne veux pas connaître.

** Théâtre, quai Voltaire.

placer idéalement sur le trône dramatique, que de me mettre humblement à ses pieds.

Paris, ce 18 thermidor an 13, et 6 août 1805.

(*i*) *A ce théâtre.*) Touchant cela, voici la circulaire adressée à ses artistes :

M., etc. Samedi prochain je demanderai à votre assemblée, par un mot d'écrit, la lecture de Ricimer, tragédie. Tragédie ! que j'ai revue, etc., et que je crois, surtout, aussi héroïque qu'intéressante. Je vous prie, M., de vouloir bien, autant que chose possible, vous intéresser à cette lecture, etc.

A ce sujet, vous savez que j'ai toujours à vous offrir, entr'autres ouvrages, le Suborneur joué, ou les Femmes de bonne humeur, en cinq actes et en vers. Je crois, en fait de nouveautés, qu'on ne vous offre point d'original comique retroussé comme ce grivois là.

Allons ! touchant ces lectures, un élan de générosité ! peut-être n'en serez-vous pas fâché ; au moins, je ferai tous mes efforts. Paris, ce 3 avril 1806.

(*k*) *De ma confiance.*) On m'avait remis, pour un jour, trois ouvrages, après les avoir gardés près de deux ans, bien qu'on me voyait tous les jours, et cela, sans nulle observation, sinon, dans l'un d'eux, de deux mille vers, quinze mots mal écrits, soulignés avec un crayon. La sublime opération !

(*l*) *Insolemment joué.*) J'ignore par qui. Bref, je publie les observations touchant Cinna. Bientôt je reçois deux lettres, signées, Dumont, pour Florence. Entr'elles, un pamphlet imprimé court le monde ; dans la première, il m'est dit : *Les Artistes du Théâtre Français vous remercient des choses infiniment honnêtes que vous dites de leur talent ;* dans la deuxième : *il nous a été adressé un pamphlet dans lequel vous êtes très-maltraité; mais cela ne change rien à notre considération pour vos talens. Nous désirons vous en donner un témoignage dans notre comité du 14 du présent* (thermidor an 10), *où vous êtes invité pour une heure, etc.* Or, comme je ne demandais rien, et n'attendais rien de ces messieurs les artistes, sinon de prendre en considération mes ouvrages, s'ils le méritaient, vîte je me cuirasse de trois poëmes, je vole, j'arrive, j'entre, non sans difficultés: me voilà à la porte du comité, où les artistes Saint-Prix et la Rochelle m'assurent que ces lettres sont controuvées. Stupéfait, sans plainte, sans parler de poëme, je me retire. Les rieurs n'étaient pas pour moi.

(*m*) *D'un pamphlet anonyme.*) Celui dont il est parlé, et dont je suis possesseur, ainsi que des deux lettres énoncées. Par quelle fatalité a-t-on voulu me punir à ce théâtre, par de mauvais procédés, du zèle désintéressé qui, dirais-je encore, dans les vues de sa prospérité générale, me portait à rendre justice à l'élite de ses talens, et dans un tems où il y avait comme un parti déchaîné contre lui? Certes! nul d'eux n'a de part à ces procédés, si ce n'est de s'y voir impunément compromis. Revenons. Ce pamphlet, assez mal rédigé, qui n'écorchant pas les artistes, n'attaquait que moi, me disant qu'ils n'avaient pas besoin de mes éloges, etc. D'accord; mais son auteur, qui osait me donner son galimatias pour modèle de bien écrire, a-t-il jamais connu ce plaisir indiscible qu'on éprouve à dire du bien de ceux qui le méritent, quoiqu'on soit persuadé que cela n'ajoute rien à leur célébrité? Passons. J'ai méprisé ce pamphlet; il mourut le soir. Mais il n'en doit pas être ainsi, je pense, d'une critique atterrante, etc., d'un poëme inconnu : on doit la réfuter, s'il y a lieu, parce qu'elle vous perd, comme il est dit, dans l'opinion des artistes auxquels vous le destiniez; qu'elle vous éloigne de la scène : enfin qu'elle vous anéantit. En effet, comment se représenter après, même avec des ouvrages dont on aurait la plus haute idée? Mon critique n'aurait-il pas senti cela? C'est de sa force.

(n) *Amateur du théâtre.*) A ce sujet, voilà ce que j'ai dit page 10, etc., et ce dont on n'a pas tenu grand compte. *Si l'on créait un tribunal de juges lettrés!* criaient, à tue-tête, les intéressés à cet examen préalable.

— Qu'est-ce à dire? des hommes! et, qui ne peuvent avoir, tels que des comédiens consommés dans leur art, l'habitude de la scène?

Et, qui ont leur manière d'écrire, leur génie, etc., à laquelle et auquel ils voudraient ployer naturellement celle et celui d'autrui?

Et, qui, juges et parties, se trouveraient juges suprêmes de leurs confrères, qu'un mot pouvant écarter, forceraient de baisser un front soumis devant lesdits juges?

Et, qui, n'étant pas au degré des premiers génies, blesseraient, en cela même, l'amour-propre des candidats?

Et, qui pourraient couronner ce proverbe, *Hors nous et nos amis, nul n'aura de l'esprit*, etc.

Et, qui peuvent avec intention...., car le Parnasse est un temple élevé, pour ainsi dire, au sommet des nues, où chaque amant des Muses, brûlant d'écarter tout concurrent, s'empresse naturellement de monter, et, qui peuvent, avec intention, dis-je, pressés par l'intérêt personnel, se tromper; et, avec des intentions pures, se tromper encore, comme homme. Bref, créer un tel tribunal, ce serait tomber, comme on dit, de caribde en cylla.

(o) *Dans la nature.*) Corneille a dit :

Mais, une grande offense est de cette nature.
Que toujours son auteur impute à l'offensé
Un vif ressentiment dont il le croit blessé.
Et quoiqu'en apparence on les réconcilie.
Il le craint, il le hait, et jamais ne s'y fie;

Et toujours alarmé de cette illusion,
Sitôt qu'il peut le perdre, il en prend l'occasion.

Mais, n'aurais-je pas blessé mon examinateur par la question énoncée page 29? M..., etc., etc.

FIN.

www.ingramcontent.com/pod-product-compliance
Ingram Content Group UK Ltd.
Pitfield, Milton Keynes, MK11 3LW, UK
UKHW020455230726
13925UKWH00005B/1947

9 782019 239930